AF252691

3951

LES ALLARMES

DES EVÊQUES CÓNSTITUTIONELS,

IMITATION DES

DEUX PREMIERES SCENES

DU PREMIER ACTE DE LA TRAGÉDIE

D'HERACLIUS DE P. CORNEILLE.

Nota. *On s'est attaché à conserver, autant qu'il a été possible, les idées et les vues de Corneille.*

LES ALLARMES
DES EVÊQUES CONSTITUTIONELS,
IMITATION DES
DEUX PRÉMIERES SCENES
DU PREMIER ACTE DE LA TRAGÉDIE
D'HERACLIUS DE P. CORNEILLE.

SCENE PREMIERE.
DONAT, FAUSTE.
DONAT.

FAUSTE, il n'est que trop vrai, la mitre la plus belle
n'a que de faux brillans dont l'éclat étincelle ;
pour la porter, celui dont le peuple fait choix,
jusqu'à ce qu'il la porte, en ignore le poids.
Mille et mille douceurs y semblent attachées,
qui ne sont qu'un amas d'amertumes cachées.
Qui croit les posséder, les sent s'évanouir,
et la peur de les perdre empêche d'en jouir.
Sur-tout, qui, comme moi, d'une naissance obscure,
au faîte des grandeurs monte par le parjure,
qui de simple curé sur un trône élevé,
ne l'a que par le crime acquis et conservé ;
autant qu'il a frappé de dignes personnages,
autant il pense voir sur sa tête d'orages ;
et comme il n'a semé qu'épouvante et qu'horreur,
il n'en recueille enfin que trouble et que terreur.

A 2

J'en ai semé beaucoup , depuis l'instant funeste
où j'ai de mon honneur sacrifié le reste ;
et j'ai persécuté , pour régner sans effroi ,
tout ce que j'en ai vu de plus digne que moi.
Mais le siége usurpé du vertueux CAMILLE ,
ses prêtres outragés , sans secours , sans asyle ,
de mon trône ont en vain été les fondemens ,
si pour me le ravir ils servent d'instrumens.
De ma chute un bruit sourd commence à se répandre.
Tu dis que dans ces lieux on se plaît à l'entendre ;
et le peuple amoureux de ce qui nous détruit ,
d'une croyance avide embrasse ce faux bruit ;
impatient déjà de se laisser séduire ,
quelque soit le prétexte inventé pour nous nuire.
Le plus léger fantôme est un fantôme aimé ;
tout même sert d'idole à son zele charmé.
Mais sais tu sur quel fond ce fâcheux bruit s'excite ?

FAUSTE.

Je ne vous dirai pas tout ce que l'on débite.
Mais les prêtres jureurs , schismatiques , intrus ,
avant trois mois , dit-on , vont être confondus.
Tout s'agite et s'émeut sur la terre et sur l'onde ;
un manifeste est prêt , et le tonnerre gronde.
Nos princes , l'empereur , les rois , tout l'univers ,
de notre roi captif veulent rompre les fers ,
et lui rendre ses droits , son sceptre et sa couronne ;
on parle de Bouillé , de Broglie et de Calonne.

DONAT.

Les auteurs de ce bruit devoient mieux l'inventer.
Tous ces noms sont peu faits pour nous épouvanter.
Crois-tu que des Français , les puissances rivales ,

bravent nos légions plus que nationales ?
Sais-tu que parmi nous, un million de bras
sont tous prêts d'affronter les hazards des combats ;
que ces héros instruits au grand art de la guerre,
vont faire tout trembler à l'égal du tonnerre ?
Fauste, ne craignons rien des princes étrangers,
ce seroit de leur part courir trop de dangers.
Des nôtres la foiblesse est par trop remarquable,
pour craindre un grand effet d'une si vaine fable.

F A U S T E.

Mais le peuple est crédule, il faut le respecter.
Dans son opinion n'allez pas le heurter.
Pliez, seigneur, pliez sous ce maître indocile.
Quand vous sçûtes ravir le siege de Camille,
que par-là l'on vous vit au comble de vos vœux,
Vous fites annoncer le dessein généreux,
de remettre en ses droits ce prélat légitime,
si par le second rang il payoit votre crime (1).
Ce qui n'étoit alors qu'une feinte bonté,
pour vous dans ce moment devient nécessité.
Replacez sur-le-champ Camille sur le trône,
content d'etre après lui la premiere personne.
peut-être on vous verra sans trouble, sans horreur,
d'un prélat qu'on révere être coadjuteur.

----

(1) *Nota*. Le fait est vrai ; un des évêques constitutionels a annoncé qu'il étoit prêt à remettre le siége à
l'évêque légitime, si celui-ci vouloit le faire son grand-
vicaire : il a même déclaré, le 3 juillet 1791, en pré-
sence d'un grand nombre de personnes, qu'il auroit
renoncé à l'évêché, s'il n'avoit été retenu par les con-
seils et les argumens d'un de ses vicaires.

A 3

D o n a t.

Hélas ! de quoi me sert ce dessein salutaire ,
si , pour en voir l'effet , tout me devient contraire ?
Camille et son conseil , abhorrant mes projets ,
refusent constamment l'offre que je leur fais ;
et mes inventions que je trouve si belles ,
sont toujours à leurs yeux , honteuses , criminelles.
Son Placide sur-tout , frémit à mon aspect ,
et même ne feint pas un peu de faux respect.
Je l'ai bien mérité , tu connois tous mes crimes ;
car nous courons ici d'abîmes en abîmes (1).

____

(1) *Nota*. Les vers qui suivent font allusion à un fait
qui s'est passé dans la ville épiscopale d'un des 83
départemens. L'évêque constitutionnel de ce département a envoyé un particulier à un grand-vicaire du
légitime évêque pour demander une dispense de bans.
Celui-ci interroge le particulier , et apprenant que le
mariage devoit se célébrer hors de France , et dans un
diocèse où l'on ne reconnoîtroit que la jurisdiction du
légitime évêque , a accordé la dispense avec connois-
sance de cause. Cette dispense , avec un pouvoir de
marier , a été mise sous enveloppe , cachetée et adressée
au curé étranger qui devoit faire le mariage. Comme
tout ceci n'étoit qu'un piege , et que l'évêque constitu-
tionel avoit promis au particulier de le marier le soir
même , le paquet est rapporté à l'évêque intrus ; il
l'ouvre , et en appercevant la dispense , il s'écrie : *nous
le tenons*. Le mariage est célébré le même jour ; quelque tems après , le grand-vicaire est dénoncé à l'accu-
sateur public , qui rend plainte ; l'information a été faite,
et le marié témoin a déposé du fait tel qu'il vient d'être
exposé. La procédure ne se continue pas, quoique les
conclusions soient à fin de décret de soit ouï contre
le grand-vicaire.

j'ai tendu pour le perdre, un piege sourdement,
d'une âme vile et basse, ordinaire instrument.
Dans mes propres filets, je me suis pris moi-même ;
ah ! si ce noir dessein, ce lâche stratagême,
et indigne complot se découvroit un jour,
quelle confusion pour nous, pour notre cour !

FAUSTE.

On la connoît déjà cette odieuse trame,
un témoin a parlé, mais rassurez votre âme ;
nos amis sauront bien par un silence heureux,
ensévelir le tout dans un greffe poudreux ;
ne peut-on cependant vaincre leur résistance ?

DONAT.

Non, tous pour nous braver semblent d'intelligence ;
en vain j'ai par douceur tenté de les gagner,
c'est leur faire dépit, que de les épargner ;
des avances qu'on fait, ils tiennent peu de compte ;
nous voir et nous parler, c'est pour eux une honte.

FAUSTE.

Il faut agir de force avec de tels esprits,
seigneur, et qui les flatte endurcit leur mépris
la violence est juste, ou la douceur est vaine.

DONAT.

C'est par-là qu'aujourd'hui, je veux dompter leur haine,
Placide est averti, non plus pour le flatter ;
mais pour prendre mon ordre, et pour l'exécuter.

FAUSTE.

Il entre.

A

SCENE II.

D'ONAT, PLACIDE, FAUSTE.

DONAT.

Enfin, Placide, il est tems de vous rendre,
le bonheur de ces lieux défend de plus attendre,
il faut de l'union, et je me suis promis,
qu'on nous verroit bientôt parfaitement unis ;
ce n'est pas exiger grande reconnoissance,
de mes bons procédés, de ma condescendance,
de vouloir qu'aujourd'hui, pour prix de ces bienfaits,
vous daigniez accepter les dons que je vous fais :
le retour que j'exige est juste et raisonnable,
et s'il n'est précieux, il vous est honorable.
Je vous fais la même offre, après tant de refus,
mais apprenez aussi que je n'en souffre plus ;
que de force ou de gré, je veux me satisfaire,
qu'il me faut craindre en maître, ou me chérir en frere ;
et que si votre orgueil s'obstine à me haïr,
qui ne peut être aimé se peut faire obéir.

PLACIDE.

Ces procédés si beaux, cette condescendance,
nous leur avons rendu toute reconnoissance.
tant qu'on nous a laissés libres avec honneur,
on nous a toujours vu parler avec douceur ;
mais puisque vous usez du pouvoir tyrannique,
je vois bien qu'à mon tour il faut que je m'explique,
que je me montre entier à l'injuste rigueur,
et parle à nos intrus en zélé confesseur.

A

il falloit avec soin taire nos droits antiques,
que nous étions les vrais ministres caholiques,
si tu faisois dessein de fasciner nos yeux,
jusqu'à prendre tes dons pour des dons précieux.
Vois ces dons, vois combien ta conduite est étrange,
vois ce que tu prétends obtenir en échange.
Peux-tu donc ignorer que ton intrusion
pour tout rang dans l'église est une exclusion ?
Mais quels sont ces objets dont le refus t'étonne ?
Tu donnes, à t'entendre, à Camille ton trône.
Mais que lui donnes-tu, si ce trône est son bien ?
et qu'exiges-tu, toi qui ne mérite rien ?
ta libéralité me fait peine à comprendre ;
tu parles de donner, quand tu ne fais que rendre :
et puisqu'avec que lui tu prétends gouverner,
tu ne lui rends son bien que pour te le donner.
Tu veux qu'en t'accordant ce bienfait ineffable,
on porte un titre saint sur ta tête coupable,
que d'intrus, d'apostat, de lâche ravisseur,
tu sois et digne évêque, et juste possesseur.
Ne fais donc plus valoir que de tes plus grands crimes
nous n'ayons pas été les plus tristes victimes.
Cette feinte douceur, cette ombre d'amitié,
vint de ta politique, et non de ta pitié.
Ton intérêt dès-lors fit seul cette réserve,
tu nous laissas la paix, afin qu'elle te serve,
et mal sûr dans un trône, où tu crains l'avenir,
tu ne veux le quitter que pour t'y maintenir,
et tu n'y fais monter, que de peur d'en descendre.
Mais écoutes, Camille, et cesse de prétendre.
Ce trône où tu te sieds, dit-il, il est à moi,
on ne me verra point y siéger avec toi.
Non, si tu n'en descends, il ne sauroit me plaire,
je ne puis, à ce prix, te traiter comme frere.

Ta chute que mes vœux s'efforcent de hâter,
est l'unique degré par où j'y veux monter :
me voilà quel je suis, voilà quel je veux être.
Qu'un autre t'aime en frere, ou te redoute en maître,
et trop franc et trop haut de Camille est le cœur,
pour craindre ou pour flatter un vil usurpateur.

DONAT.

J'ai forcé ma colere à te prêter silence,
pour voir à quel excès iroit ton insolence.
J'ai vu ce qui vous trompe, et me fait mépriser,
et je vous plains assez pour vous désabuser.
N'estime plus mon trône usurpé sur Camille,
ni que pour l'appuyer, sa main me soit utile.
Depuis six mois je regne, et je regne sans vous,
et j'en eus tout le droit du choix qu'on fit de nous.
La chaire où je me sieds est une pure grâce.
Le peuple a ses raisons pour remplir cette place,
son choix en est le titre, et tel est son pouvoir,
qu'une autre élection nous condamne à déchoir.
La mienne de Camille ouvrit le précipice,
j'en vis avec regret le triste sacrifice,
au repos de l'état il fallut l'accorder ;
mon cœur, qui refusoit, fut contraint de céder ;
et pour lui conserver sa puissance suprême,
je fais ce que je peux, et je descends moi-même ;
et sans avoir besoin de titre ni d'appui,
je lui fais part d'un bien qui n'étoit plus à lui.

PLACIDE.

Un malheureux curé d'un plus obscur village,
sur qui le seul caprice a fixé le suffrage,
se vanter à nos yeux d'être juste seigneur
d'un siége épiscopal dont il est ravisseur !

lui qui n'a pour ce siége autre droit que ses crimes ;
lui qui de nos pasteurs fait autant de victimes,
croire s'être lavé d'un si noir attentat,
en imputant leurs maux au repos de l'état !
Il fait plus, il nous croit dignes de cette excuse.
Souffre, souffre à ton tour, que je te désabuse.
Apprends que si jadis dans les élections
le peuple eut quelque part aux nominations,
dont toujours le clergé fut le juge suprême,
apprends que cet usage a cessé de lui-même,
ou plutôt que l'église en connoissant l'abus,
a voulu l'abroger, en un mot, qu'il n'est plus.
sçache donc que l'église a seule la puissance
de le faire revivre, et qu'ainsi son silence
annulle tous les choix qu'ont fait vos électeurs.
Quels sont après cela tes titres, tes grandeurs,
tes droits et tes pouvoirs ? Tout est nul, tout est crime,
tout est sans force aucune, et tout illégitime.
Tu ne peux donc semer que le trouble et la mort,
et n'attendre pour toi que le plus triste sort.
Cependant tout chargé de foudres, d'anathêmes,
tu nous viens hardiment proposer à nous-mêmes
de former entre nous un saint engagement,
et de t'associer pour le gouvernement.
Après avoir proscrit des ministres fideles,
les avoir dénoncés comme autant de rebelles,
les avoir dévoués aux propos insolens,
aux insultes du peuple, aux outrages sanglans,
quand tu forces du trône un prélat de descendre,
feignant de le céder, tu voudrois le reprendre
avec les droits sacrés d'un juste possesseur.
Non, non, n'espere pas une telle faveur.
On dit que des vengeurs sont tout prêts à paroître.
Va, fuis, quitte ton siége, et fais place à ton maître,

D O N A T.

A ce compte, arrogant, un bruit sans fondement,
un murmure confus répandu sourdement,
te donnent cette audace et cette confiance.
Ce bruit s'est déjà fait digne de ta croyance.
Mais . . . .

P L A C I D E.

Je crois qu'il est faux, le regne des méchans
pour éprouver les bons doit durer plus long-tems.
Mais la soif de ta chute et prompte et solemnelle
me fait aimer l'auteur d'une fausse nouvelle.
Je veux par mon suffrage affermir cette erreur,
en convaincre le peuple, et fier de son bonheur,
lui faire apprécier l'honorable avantage
de détruire en un jour vos vœux et votre ouvrage.
Toi, si quelque remords te donne un juste effroi,
sors du trône, et te laisse abuser comme moi,
prends cette occasion de te faire justice.

D O N A T.

Oui, je me la ferai : mais par votre supplice,
ma bonté ne peut plus arrêter mon devoir,
ma patience a fait par-delà son pouvoir.
Qui se laisse outrager, mérite qu'on l'outrage,
et l'audace impunie enfle trop un courage,
tonne, menace, brave, espere en de faux bruits,
fortifie, affermit ceux qu'ils auront séduits.
Ouvre, si tu le veux, sous nos pas un abyme ;
mais choisis ma faveur, ou d'être ma victime.

P L A C I D E.

Il n'est pas pour ce choix besoin d'un grand effort,
à qui hait ta fureur, et ne craint point la mort.

SCENE III.

DONAT, FAUSTE.

DONAT.

Sa fierté me confond. Dis, peux-tu le comprendre?

FAUSTE.

Ce courage, seigneur, ne doit pas nous surprendre.
Le ciel qui les prépare aux plus rudes combats
les soutient, les anime, et ne souffrira pas
que leur grand cœur se laisse effrayer aux menaces,
et succombe jamais sous le poids des disgraces.

DONAT, *avec surprise.*

Qu'entens-je?

FAUSTE.

  Ce discours vous étonne, seigneur.
Mais permettez qu'ici je vous ouvre mon cœur.
J'ai pu, dans des momens de dépit et de haine,
me plonger dans l'abyme où le torrent m'entraîne.
J'ai pu, par intérêt et par ambition,
jurer de maintenir la constitution,
et placé près de vous aux pieds de votre trône
me laisser éblouir du grand pouvoir qu'il donne,
j'ai pu, pour conserver cet éclat, ce pouvoir,
saisir tous les moyens de ne jamais déchoir.
J'ai sçu vous inspirer, sous ombre de prudence,
une rigueur outrée, une injuste vengeance.
J'allumois, dans l'instant, encore votre courroux.

Mais à peine Plucide a paru devant vous,
que son air, ses discours, le zele qui l'enflamme,
ont désillé mes yeux, et pénétré mon âme.
Je ne suis plus le même, un nouveau jour me luit,
et succede soudain aux ombres de la nuit.
Je vois, je sens, je hais toutes nos injustices,
nos erreurs, nos détours, nos lâches artifices,
le sacrilége abus de nos intrusions,
et le coupable excès des persécutions,
n'est-ce pas en effet le comble de l'audace,
de chasser des pasteurs, et de prendre leur place?
N'est-ce pas abuser de la religion,
que sans titres, sans droits, sans jurisdiction,
et sans avoir des chefs obtenu la puissance
on veuille que le ciel s'ouvre sans résistance?
N'est-ce pas profaner et le temple et l'autel,
qu'à la face des cieux, et de tout Israël,
des ministres suspens, des prêtres téméraires,
d'une main sacrilége offrent les saints mystères?
N'est-ce pas abjurer tout sentiment d'honneur
que de la vertu même être persécuteur,
parmi les innocens de choisir ses victimes
pour les perdre, trouver tous moyens légitimes?
Fuyons, fuyons des lieux témoins de tant d'horreurs,
où le schisme sans frein exerce ses fureurs.
Et puis, quel est-ici le respect qu'on nous porte?
Quel cas fait-on de nous? A peine on nous supporte,
on nous craint, on nous fuit. Vous le sçavez, seigneur.

D O N A T.

J'en gémis tous les jours, pour comble de malheur
aux crimes que tu dis, nous ajoutons encore
une conduite étrange et qui nous déshonore.

La plupart d'entre nous, s'enrôle dans le club.
C'est dans ces lieux hélas ! qu'impatiens du joug,
Ils cherchent à nourrir leur goût d'indépendance,
c'est-là le grand théâtre, où de lenr éloquence
oubliant leur état de ministres de paix,
Ils font, pour la troubler, les dangereux essais,
que te dirai-je enfin ? cette derniere scene (1)
passée en plein conseil redouble encor ma peine.
Un des miens m'appeller nn homme de néant,
me traiter et d'intrus, et de loup ravissant,
pour l'avoir averti de se montrer plus sage.
Ce qui me touche au reste en cela davantage,
ce qui bien plus m'afflige, et trouble mon repos;
ce sont moins d'un pervers les insolens propos,
que l'honneur compromis de ce qui m'environne,
et sur-tout de la jeune et naïve personne
qui vînt innocemment, non sans quelque courroux,
du coupable deux fois se plaindre devant nous.

FAUSTE.

Cette scene, il est vrai, peu faite pour les nôtres,
en nous couvrant de honte, en a rappellé d'autres
que le peuple indiscret saisit avidement,
et qu'il tourne à son gré toujours malignement.

(1) *Nota*. Voici le fait auquel on fait allusion. Un
des vicaires d'un évêque constitutionnel tint à une
jeune personne quelques propos qui lui déplurent;
elle s'en plaignit à l'évêque : le vicaire le sçut. Il
en fit des reproches par lettre à la jeune personne,
qui fit part de la lettre à l'évêque. Celui-ci la lut
en plein conseil, le vicaire s'emporta, traita l'évêque
d'intrus, et lui reprocha l'obscurité de sa naissance.

On a même ajouté certaines anecdotes
de bosquets, de berceaux, de terrasses, de grottes.
Tels sont, seigneur, tels sont les bruits injurieux
qu'on se plaît contre nous à semer dans ces lieux.
Fuyons donc pour jamais cette terre fatale
où nous sommes par-tout des pierres de scandale.
Terre où nous ne pouvons trouver qu'un triste sort.
Et dont les fruits pour nous sont tous des fruits de mort.

DONAT.

Tu me vois ébranlé, je suis prêt à me rendre ;
mais de puissans motifs me forcent à suspendre,
j'ai tout à craindre ici, peuple, et municipaux,
département, district, le club et ses suppôts ;
je ne te parle point de notre aréopage,
c'est de-là que viendroit le plus terrible orage.
Mûrissons ce projet, pour mieux l'exécuter.
Préparons-nous à fuir, mais craignons d'éclater.

FAUSTE.

Par pur respect pour vous je consens à suspendre,
mais dans trois jours, seigneur, je pars sans plus attendre.

F I N.